박미리 제2시집

격통은
방금
사진을 찍었다

길동은 방금 사진을 찍었다

박미리 지음

발 행 처 · 도서출판 청어
발 행 인 · 이영철
영　　업 · 이동호
홍　　보 · 천성래
기　　획 · 남기환
편　　집 · 방세화
디 자 인 · 이수빈 | 김영은
제작이사 · 공병한
인　　쇄 · 두리터

등　　록 · 1999년 5월 3일
(제321-3210000251001999000063호)

1판 1쇄 발행 · 2022년 7월 30일

주소 · 서울특별시 서초구 남부순환로 364길 8-15 동일빌딩 2층
대표전화 · 02-586-0477
팩시밀리 · 0303-0942-0478

홈페이지 · www.chungeobook.com
E-mail · ppi20@hanmail.net
ISBN · 979-11-6855-055-1(03810)

시인의 말

'쌀도 돈도 안 되는 글 나부랭이 잡고
주야장천 씨름하면서도 한 줄 따끈한
댓글 앞에선 칭찬에 춤추는 고래처럼 인
어떤 무명 글쟁이도 그렇고'

－「그럼에도 착각 착각」 중

칭찬에 춤춰온 고래처럼~의 노래,
삶의 물이랑 위로 생성된 한 음 한 음들
제2집의 오선지에 옮겨보며
사랑 주신 모든 분께 감사를 바친다

2022년 6월
박미리

차례

그대를 사모합니다

짙은 어둠 속에서도
그대라는 빛이 있어 아침이 오죠

기쁘다가 슬프다가
온갖 시험으로 흔들어 오는 삶
그대 아니면 내 어찌 견뎠을지요

거친 폭우 속에서도
그대라는 우산이 있어 비가 멈추죠

비 올지 맑을지
아무도 알려 주지 않는 세상
그대가 있어 나 오늘도 오뚝이로 살아냅니다

하여,
그 어떤 이름으로 불러도 모자랄 그대
이렇게 고마운 그대는 내 인생의 누구십니까?

그 고운 빛, 빛으로 남을지라도 이 생이 다하도록
사모합니다 은혜합니다 영원 영원히

꽃 폭탄

옹알옹알 속삭대던 벚나무 더미에
화약고 터지듯 봄이 터졌다
세상 어느 거사가 저리도 파워풀하랴

화약고 같던 우리의 청춘과 정념들
생의 불쏘시개 같은 그 화약들
다 쓰고 없는 날에도

민중의 봉기처럼 일어나 주는
저 환희의 꽃불이 있는 한
해마다 새 날개 달고 우린 또
꽃 대궐 속을 훨훨 댈 테지

그만큼 철철 쓰고도
또 쓰고 파지는 봄, 봄, 봄이 터졌네
꽃 폭탄이 터졌네!

벙글벙글 합창하는 꽃나무 아래서
사랑하고 또 사랑하자던 아, 그 봄!

그대 매화

바람도 차가운데 벌써 매화가
엄동에는 그 나무가 그 나무 같더니
요술처럼 튀어나와 봄을 알리네

묵화(墨畵)에 싹이 트듯
겨울 딛고 틔운 순정 매화로 피었도다

얼음장 속에서도 달은 뜨고
퍼붓는 눈발에도 정념은 빛나
살뜰히 맺은 망울 겨울 속에 봄을 여네

북풍과 꽃풍 속을 살다 갈 생
시린 날 뒤엔 봄 오더라 꼭 오더라며
청량히 스며오는 만고의 진리

겨울 속에 길을 열며 내 언 마음 녹여오네
봄의 가인 그대 매화

사랑, 너를 놓으면

그 아픈 사랑
다시는 않으리 그리도
다짐해 놓고 또 빠지고 말았어

내 맘
내 뜻대로 움직일 수 없는
미궁의 늪인 줄 알면서도
또 철퍼덕 다가서고 말았어

누구도 건져줄 수 없는
미궁의 늪일지라도
어떡하니

사랑, 너를 놓으면
내가 더 아파서 살 수가 없는걸

왈츠와 돛단배

내 안에는 무화과나무가 살고 있다
꽃도 없이 밀어도 없이
달콤한 사랑은 혼자 다 한 양
꿀 같은 알맹이를 품고는
앙다문 입술 터질 날만 기다리는
무화과에게
쇼스타코비치의 왈츠곡을 들려주었다

내 안에는 태평양도 살고 있다
찰랑찰랑 파도를 나르는 중에
고래 등에 업힌 행복한 치어들이
고래를 꿈꾸며 곡예를 하는
푸른 쪽빛의 텃밭, 그 넓은
태평양에게
펄럭대는 돛단배 한 척 띄워 주었다

왈츠가 궁금하고 돛단배가 궁금하여
풀방구리처럼 드나드는데
그 들락임의 중심에 있는 그대,
그대 또한 풀방구리처럼인지요?

비양도* 연가

병풍처럼 바다를 두르고
속세를 내다보지만
그 자태 의연타 하여 외로움을 모르랴
기다림에 젖은 망부석 그 눈망울
아는 사람은 알지

섬 속에 섬을 두르고
파도의 파발에만 눈먼 그 낯빛
그 파발 아무리 꽃노래여도 설움이 왜 없으랴
품었던 임 보내 놓고 텅 빈 그 심사
보내 본 사람은 알지

'날아간 갈매기도
돌아선 뱃머리도 다시 올 거야
다시 올 거야'

그 마음 다독이는 양
팔을 젓는 억새의 춤 더욱더 곱고
펄랑못* 위 오리 떼가 석양을 저어와도
남겨진 허전함에 저 홀로 훌쩍일 섬

생은 다 그런 거야
너나없이 섬 하나 지고 사는 것을,
하여 외로움마저도 사랑하자며
밤이면 더 나직이 속삭여 오네
저보다 더 외로운 내게

*비양도: 제주도 한림읍에 있는 섬
*펄랑못: 비양도 안에 있는 국내 유일의 염습지 못

참 보고 싶다

보고 싶다
참, 보고 싶다. 당신
그대 내리신 역 어딘지 몰라도
이대로,

이대로 그리움 싣고 달리다 보면
세월 역(驛) 어디쯤에 그리운
당신 있겠지

안녕, 안녕이라며
빛처럼 떠밀려 간 창밖 가로수처럼
세월의 역을 이만큼 떠밀려 와 있어도
그리움을 태운 기차는
그날의 레일 위를 쫓아가네요

사느라 바빠서 그렇지
그리움이 어디 그리 쉽게
놓아지던가요

세월 역 어디쯤에서
나처럼 뒤돌아보고 있을,
나처럼 그러할 당신 오늘따라
참 보고 싶네요

고혹한 여신에게

연두 깃 펄럭이며
새소리 물소리 나팔처럼 앞세우며
여왕을 영접 나온 저 햇 손들

거침없이 달려보자는
푸른 결의의 눈빛 하며 세상 어느 병정의
결의가 저처럼 혈기찰지

오월의 햇살 아래 라일락 향, 장미 향
앞세우며 향기로 오신 여왕이시여
그대를 환영합니다

하여,
당신은 그저 고혹한 그 모습
그대로만 빛나 주소서

어른은 아이 되고 아이는 어른을 꿈꾸게 할
당신의 향정(香政) 속으로 분수처럼
샘솟는 혈 바치옵나니

어우렁더우렁

와서는 가고 입으면 벗고
잡으면 놓아야 할 윤회의
소풍 길에 우린
어이타 인연 되을꼬

봄날의 영화 꿈인 듯 접고
너도 가고 나도 가야 할
그 뻔한 길 왜 왔나 싶어도 그래도
아니 왔다면 후회했겠지

노다지처럼 널린 사랑 때문에 웃고
가시처럼 주렁한 미움 때문에 울어도
그래도 그 소풍 아니면 우리 어이
맺어졌으랴

한 세상 세 들다 갈 소풍 길
원 없이 울고 웃다가 말똥 밭에 굴러도
이승이 낫단 말 빈말 안 되게
어우렁더우렁 그렇게 살다 가 보자

(2011년 作)

*본 작품 「어우렁더우렁」은 각종 매체에
 '만해 한용운'으로 작가명이 잘못 옮겨진 곳이 많음

결혼의 집

(1)
환상의 목마를 타고 둘만의 우주 속에
누구보다 행복하고 세상 달콤히
불타는 사랑만 있을 줄 알았지
그러나 오 마이 갓!

콩깍지는 엇다 잃고 별일도 아닌 일에
눈물 콧물 쏙 뺄 때면 당장 끝! 정말 끝!
너랑 못 살아
오케이 목장의 결투도 아니고
물리고 싶은 맘 꾹꾹 누르며 여차저차
세월 속에 석고보드처럼 굳어버린 정 하나,
결혼이란 그런 건가 봐

빵야~ 하면 수그려 주고
리액션도 척척인 명배우 명감독의 수습생 시절
아무렴 인생 배우가 그저 되는 거 아녔어
세월의 틈새 곳곳 움튼 나무들
철철이 피고 지는 꽃 단풍 속에
사람 나무도 더불어 철들고 익어지는
결혼이란 그런 거였어

사랑도 가장 많이, 전쟁도 가장 많이
그 덕에 둘을 빼닮은 보물도 얻고
결혼의 집에서만 꽃피는 행복도 알고

(2)
처음 가는 길은 누구나 두렵지만
그럼에도 도전하는 삶은 아름답잖아
그래서 말인데
현아야, 민수야 시집 장가들 가지 않으련?
(단, 혼수 목록 1호로는 서로를 감내할
성숙한 마음 하나 명심 또 명심)

그런데 오케이 목장의 결투를 들먹일 만큼
지지고 볶는다면서 웬 강추?
그래, 맞아 모순일 수도 있겠다만
파도가 없으면 바다가 아니듯
인생의 바다 또한 그와 같은 걸

예전엔 달랑 수저만 들고도 잘도 갔는데
작금엔 육아에 주택 문제, 교육비 등등
사회적 장벽이 만만찮은 현실이라
기성세대인 우리가 많이 미안하지만
그럼에도 인생 최대의 선물이기도 할
무지갯빛 원석 덩이, 한 번은 다듬어 봐야지

사랑의 끌로 함께 다듬고
사랑의 연고도 같이 바르며
희로애락을 조각해 낼
결혼이라는 공방(工房) 한 채 갖지 않으련?
청춘도 어느결에 금방이던데

딱 한 템포의 행복

그날 그 순간,
내 생각만 더 옳다며 덜컥
미움의 틀에 갇혔더라면

지란지교 우리 사이
와장창 금가고 말았을 거야

한 템포 물러나 있는 사이
원망이라는 나무 대신
포용을 가르치는 큰 산이 보였었지

한순간의 욱~함에 널 잃었다면
두고두고 아팠을 텐데
산을 보며 또 하나 배운 하루
그래서 우린 영원한 학생인가 봐

고마워, 샐리

꽃 피어 좋은 날도
꽃 져서 흐린 날도
등대처럼 날 비추는 고마운 너

머피의 법칙*에 울다가도
샐리의 법칙*에 웃게 하는 요술 같은 너
네가 있어 오늘도 참 살맛 나는 하루였어

웃고 있는 저 하늘 느닷없이 캄캄해져도
네 생각하다 보면 어느새 터널 밖
환한 햇살 새들의 노래

언제 어디서나 희망 교차로인 너
그런 넌 영원한 나의 샐리야
내 목소리 잊지 말아 줘

*머피의 법칙(Murphy's Law): 일이 계속 꼬이는 현상
*샐리의 법칙(Sally's Law): 머피의 법칙과 반대되는 현상

정거장

동서남북으로 갈라진 사람들이
다정히 스쳐 지난 곳
생의 인터체인지였던 그곳을
썰물처럼 빠져나간 그 후로도

어디선가
삶을 엮고 있을 숱한 인연들,
지금은 어느 정거장 어디쯤을
통과할는지

부산한 희망의 서식지(棲息地),
그리움의 순환지인 그곳에서
이 순간도 누군가는

눈멀도록 불빛을 헤며
무언가를 마중할 테지
그대도 나도 한 번쯤 학처럼
목을 빼본 아릿한 그 터에서

사월행 기차를 타고

산꽃 들꽃 휘날리어
꽃비를 이루던 봄날의 성곽,
해마다 빈틈없이 그 꽃을 채워
봄을 쏟으며 눈부신데

다 그대로 두고
나만 빠져나왔었구나
마치 어느 세기를 건너온 시간 여행자처럼

초원의 이슬처럼 싱그런 사랑의 빛
버드나무에 머문 달처럼 아늑한
만면파안 그 기쁨 그 무엇에 비하랴

영혼을 방목하던 젊은 숲에서 새처럼
노래하던 내게 코러스를 더하던
다정한 그 음성마저
신기루처럼 흔적 없지만

현실의 언덕에서 더듬어 보며
사월행 기차를 타 보려네

기억의 집으로 멈춰진 시간 여행지
분분한 꽃향기 나를 이끄는
그 봄의 성곽을 향해

영원한 평행선

눈빛만 봐도 다 안다면서도
모르는 건 여전히 모르는 우린
오늘도 평행선 사이

그럼에도
밉지 않고 좋은 건
버팀목처럼 든든한 믿음 때문이죠

그림자만 봐도 다 안다면서도
새록새록 알고픈 것 투성이인 우린
영원한 호기심 사이

그러니까
너무 애태우지 말고
이대로 그냥 평행선 하기로 해요

넘실대는 파도처럼
한결같은 수평선처럼
존재만으로도 든든한 우리니까요

도시의 삐에로

아침에 건너온 다리
다시 건너며 집으로 가는 시간,
한강교 난간에 비낀 노을이
눈물 나도록 곱다

추억이, 희열이, 눈물이
물결에 반짝반짝 아롱져와도
마음만 날고 있는 나는야 도시의
거미줄에 갇힌 한 마리 나방이어라

유유히 흐르는 저 강물처럼
숙명처럼 오가는 하루
삶의 각축장에서 파닥인
무겁던 갑옷의 하루 그 누가 아랴

사랑과 욕망의 난간 위를
아슬히 외줄 타지만 내일이 있어
살아내는 삶, 내일은 빛나리 날아오르리
거침없이 광활할 나의 하늘로

여기부터 가을

철없는 코스모스에게도
들판 저 한가운데도
포상처럼 가을을 입혀 놓고
누군지 몰라도
팻말까지 세워 놨다

"여기부터 가을!"

오, 놀라워라
계절을 갈아입은 쇼윈도 마네킹처럼
날렵히 갈아입힌 저 손길
가일층 심혈을 기울일 수작(秀作),
이제부터 시작이리라

우리가 잠든 사이
찌는 여름을 투정한 사이
누군지 몰라도
저렇듯 고퀄리티의
가을옷을 짓고 있었구나

달밤에 비

초승달 날렵히 걸린 한여름 밤,
애끓는 풀벌레 선율에
띄엄띄엄 매미도 거들어 밤이 익는데
난데없이 날벼락처럼 하늘에서 비를 쏟았다

그 때문에
실눈 뜬 달님만 남고
날벼락 맞은 악사들은
꽁지 빠지게 숨어서는 서로 토론이 깊다

"이건 완전 달님에 대한 모독이야
날씨가 돌았나 봐"
"아냐, 요즘 같으면 달님도 샤워가 필요해
목욕물 내린 걸 거야"

'그 말도 맞고 저 말도 맞고'
갑론을박 악사들 틈에 내 생각도 보태려는데
그새 달님이 짜잔 웃고 나왔다
더 또렷이 눈썹을 달고

길동은 방금 사진을 찍었다

사람 사이엔
그 어떤 사이에도 상대성이 스며있다
이 세상에 단 한 사람, 어머니 말고는
피해 갈 수 없는 작용이다

SNS에서 **뽕뽕** 시시로 날아드는 마음 보약첩을
한 가마니쯤 쟁여놓고 사는 길동 씨는
자신을 늘 무결점 완벽형이라 자부했건만

방금 찍은 사진이 말하길 NO NO라며
콕콕 꼬집어 줬다

"얼굴은 왜 그리 골났으며
무엇에 쫓기는 듯 초조히 굳은 인상이
참 딱하구나

자신만의 프레임을 깨고,
기차 속에서 달리지 말고,
상대를 존중하고!
그 정도만 해도 사는 일이 훨씬 명랑해진단다"

아, 나만 몰랐던 나!
하마터면 아웃사이더 외톨이 될 뻔!
사진아, 참 고마워

지금은 댄스 타임

거센 바람에 업혀 빨래가 춤을 추네
탱고와 왈츠를 넘나들며 야호 야호
하늘을 나네

한 사람의 체온을 담아내는 삶
꽃길도 자갈길도 다 운명이지만
저 순간만은 금쪽같은 자유를 자유 중이리

롤러코스터처럼 오르내리는 온도에도
환희로 봉인된 그 기억 하나로
버티는 삶

불어라 더 불어라 바람아
내일의 길 그 어딜지라도
이 순간만은 나도 좀 하늘 오를래

거친 바람을 품고 칠락팔락 저 춤사위
마치 바람 든 여자처럼 세상 격렬 타
그래 봐야 굴레처럼 다시 그 자리지만

추억이라는 이름의 전차를 타고

언젠가 그대를 기다리던
정거장으로 나가 추억이라는
이름의 전차를 타 보았어요

분내처럼 향긋하던 찔레 숲도
감미롭던 빗줄기 속 그 카페도
서걱대던 갈대숲 하얀 달빛도
퍼붓던 함박눈과 그 가로등까지도

어느 것 하나 잊을 수 없는
그 계절 그 숨결, 때 묻음 없이
다 그대로였죠

연극이 끝나고 다 돌아간 자리
무성한 열꽃의 그 자리엔 한 송이
들국화만이 세월을 엮고 있지만

추억이라는 전차는
이 세상 다하도록 멈춤 없겠죠
사랑은 비록 끝이 났어도

희열(화산녀를 찾다)

저수지 같은 자궁 속으로
뭇 중생들을 끌어들인다는 입소문만 믿고
하늘로 하늘로 올라가는 길
하얀 젖무덤 헤치며 여명보다 먼저 온 호색가들이
지팡이를 앞세우며 열정을 발산 중이다

얼마나 올라왔을까?
내려다본 산허리가 아득할 즈음
몇 차례 머리 푼 운무 떼가 지나고 등줄기를 훑던
소나기도 잠잠해지자 드디어 정상인지
깃발 꽂는 소리에 산이 들썩이고
하늘과 맞닿은 분화구가 한눈에 든다

무대 중심 속 화산녀를 향해
소문과 대질 중인 바쁜 눈동자들, 확연한 그녀의
실루엣을 읽었는지 숨도 안 쉬고 빠져드는데
블랙홀이 따로 없다
아, 저것이었던가 운우지정의 희열이라는 것이…

그 후부터는 저마다의 희열을 챙기며
쓰러졌는지 말았는지는 모르겠지만 올라 본 후에야
맛보는 참 희열, 숨 가쁜 오르가슴 그 한 컷을 위해
욕망을 분출할 저마다의 에베레스트를 위해
길 위에 또 길을 내는 일이 인생 아닐지

줄장미 핀 길목

줄장미 담을 넘는 길목에
붙박이 된 사랑 하나 덩그러니 걸려있네

허언으로만 남은 진실,
그 수북한 진실 사이로 풋풋이 떠오는 얼굴
장미의 길목 속으로 그리워지네

저처럼 하늘 오르던 날
그 가슴 차지한 채 우리 서로가
그 얼마나 붉었었던가

지고 나면 앙상한 담장만 남을지라도
허공이라 더 매달려내는 저 덩굴처럼
장미의 가슴으로 산 그런 날 있었었지

유정 무정의 세월 속으로
무덤덤해진 가슴에, 추억만 남은 담장에
한없이 줄을 대며

내 고운 유월을 읊어 오는
장미, 붉은 그 장미 정념 속 그 이름이여

이팝나무 꽃

쌀밥인 듯 튀밥인 듯 하얗게
새하얗게 이 봄에도 포만히
피었습니다

고봉으로 꾹꾹 눌러 퍼 담은
울 엄마 마음처럼 어쩜 저리도
소복한지요

그 옛날 보릿고개 시절,
바라보기만 해도 배불렀다던 눈물의 꽃
전설의 꽃,

눈요기라도 실컷 하라며
하늘에서 뿌려준 한 무더기 구름 밥
이팝나무 꽃

배고팠던 시절 잊으면
안 된다시던 울 엄마 당부처럼
이 봄에도 몽글몽글 피었습니다
이밥처럼 피었습니다

혼자만의 로맨스

기껏 나랑 눈 맞춰 놓았더니
화초의 고개가 그 새 또 햇살 쪽으로
홱 돌아가 있다

몸 따로 마음 따로 동상이몽의 사이처럼
이따금씩 딴 곳을 향하는 네 모습
그 사람 마음도 모르면서
내 안에 머물길 바랐던 어느 날의 사랑 같다

정 들이고 사랑 들이면
눈빛만 봐도 통한다는데 틈만 나면
돌아앉는 너

오로지 그 품에서만
행복할 수 있단 걸 알면서도
그래도 좋은 걸 어떡해

어차피 사랑이란 혼자만의
로맨스인걸

취한 나비

몽실몽실 아지랑이
임처럼 황홀하길래 마음 열고
허락하였더니 날개옷 한 벌
내려놓고 사라지네

그리운 이들은
어디쯤에서 흩어져 버렸는지
기억의 망막 속엔 아직도 소년 소녀로
멈춰있는 내 초록동, 그곳에도 있을
아지랑이와의 접속을 시도해 보네

애벌레 시절엔 몰랐던 인생길
곳곳에 둘러진 실거미줄
독인지도 약인지도 모르고 뛰어들던
혈기 충천의 그날처럼

비행(飛行)한다는 건 여전히 아슬하더라며
푸념 같은 것도 실컷 해 보고 그래도 또
웃을 날 있어 살아지더라며
목젖이 보이도록 깔깔 웃어도 보고픈

일탈의 나비 한 마리
가물가물 추억 동(洞) 찾아
아지랑이 속으로 로그인되네

겨울 나그네

혹한의 어느 밤,
백의(白衣)를 펄럭이며
능선마다 흘러들어 잠 청하더니
이제 그만 볼일이 다 끝났는지

주섬주섬 봇짐을 사네
떠도는 그 유랑벽 뉘라서 말릴까만
그다음 행선지는 저만치서 아른대는
요염한 춘희(春姬)일 테지

켜켜이 쌓인 설야에 정에
눈물 맺혀도 그 정을 털고
무정히 가는 그는 겨울 나그네
바람 같은 정도 정이라서

속속들이 설운 마음 그대 아실지
능선마다 구비구비 타고 내리는
시린 그것이 남겨진 여인의
눈물이라오

나팔꽃이 말합니다

새벽이슬 머금은 함초로운 네 모습,
유독 관이 돋보여서
나팔꽃인 줄만 알았는데 오늘은
그 속에서 울 엄마 소리가 난다

험한 세상 오를 때 힘이 되라며
천날만날 불어주신 따따따 나팔
그 관의 울림을 나는 몇 소절이나
귀담았을까

허공을 딛고서도
모습은 웃고 있는 저 꽃들만큼이나
고단했을 당신의 생애, 그 도돌이표 나팔
어느새 나도 따라 엄마처럼 불고 있네요

아무리 듣고파도
여름 지고 해지면 못 들을 그 소리
그 울림 되새기며 나 또한 무한 재생
반복 연주로 나팔꽃 인생을 이어 갑니다

사공에게

그대도 그랬나요
나도 그랬다오
커 보이는 남의 떡 앞에 작아 보이는
내가 미워 날 괴롭힌 적 더러 있었다오

온 마음 다하여
노 저어도 시시로 바람이 불어
크고 작은 부력(浮力)과 일어 오는 저항들
이 또한 살아 있기에 건너야 할 강이더이다

다만 그 순간의 강수량이
조금 높아 보일 뿐, 비웠다 채웠다
갈증과 포만의 반복 속에
그 어떤 물살도 유유히 흘러가리니

그 강에서
배 띄우던 행복만을 기억하며
'잘 될 거야, 다 지나갈 거야'
우리 그렇게 긍정하며 흘러가기로 해요

가뭄 든 영혼에도
단비의 계절은 돌아오고
행복이라는 만수에 나를 적실 날
약속처럼 다시 오리니

삼월 행진곡

겨울옷 벗은 대지에
봄기운 들면 저마다 가슴엔
노랑 손수건 달고 일학년 되는
산뜻 상큼 보폭 소리 세상 발랄 타

악수해오는 봄 전령에
마른풀 헤집고 나온 복수초도
꾀꼬리 음표 날려대는 쨋쨋이도
방금 입학했는지 세상 명랑 타

천지 만물 일깨우며 달려오는 님
일어나 어서 일어나
물보라처럼 뛰어들자며
묵은 심장 터치해대는

오! 봄님이시여
이토록 즐거운 선동은 또 없지 싶네
눈멀도록 기다려낸 삼월 왔다고

백조의 춤

호수 위로 찰랑찰랑
세상 즐겁더니만 무슨 일인지
오늘은 춤도 없고 아무런 미동도 없다

하기사
아무리 춤이 업(業)일지라도
출렁대는 물살에 날개 젖을 일 왜 없으랴

보이면 흉 될까 봐 드러내면 덧날까 봐
괜찮은 척 멀쩡한 척, 안으로만
속으로만 파닥인 사연

수려한 파문(波紋) 속에 감춰진
아픈 물갈퀴 쓰라린 그 상처
아무도 모를

너 또한 삐에로로다
겉보기만 멀쩡한 호수 위
삐에로로다

내 사랑 달빛이 되어

아무리 문을 닫아도
달빛은 새어드나니
그대 굳이 닫으려 애쓰지 말아요

달빛으로 다녀가는 이 마음은
스스로 빛나는 기쁨
그 하나면 충분하니까요
어차피 우린 저 달의 거리만큼
먼 인연이었나 봅니다

왜 사랑했을까? 바보 같은 이 그리움
그러나 원망은 않으렵니다
내 사랑 달빛이 되어
이 밤도 홀로 빛나다 갈지라도

그리움 비출 곳 있음에
나는 참 행복합니다
바보만이 바보만이 품어내는 이 행복
그댄 끝내 모르신대도

초하의 한라에서

우람한 적송(赤松) 아래 이정표처럼
늘어선 조릿대들 여름을 꽃피울 때에

저어기 떠가는 흰 구름 잡으려는지
숲들은 키를 세워 하늘 오르고

산란하는 햇살을 물고 새들은
뽀르릉 또르릉 나보다 더 즐거운지
숨넘어갈 듯 곡조에 취해 녹고

숲 더미 가닥가닥 새어든 서광 같은
빛기둥은 어서 오라 날 감싸 안으니
이 아니 천국이리오

능선을 타 넘는 저기 저 꽃구름들아
피톤치드 퍼붓는 향긋한 나무들아
풍광을 부채질하는 청산유수 산새들아

분화구처럼 펑퍼짐히 가슴 열고서 너영나영*
하영 하영* 이 순간을 호흡해 보자
더할 나위 없이 청량한 한라의 이 숨결을!

*너영나영: 너랑 나랑
*하영: '많이'의 제주 방언

오월의 시

행운이 숨 쉬는
클로버 언덕에는 꽃반지
엮어주던 그대도 돋고

코끝을 적시는 라일락 향은
푸른 교정 속 내 짝꿍 옥희도
데려오는 오월, 오월이 왔네

물결치는 청보리밭
푸른 파도는 내 젊은 날의
표상 같아 가슴 뛰고

꿀 같은 연애가 익던
아카시아 숲엔 뻐꾸기 울어 울어
너무 그리운 오월, 오월이 왔네

눈부신 신록을 신고
푸른 혈 나르는 젊은 용사
그대 오월이여

그 품에서 나 쉬어 가려오
잎새처럼 반짝반짝 청춘을 입고
저 하늘 새처럼 즐거이 노래하려오

가을이 걸어오네

아련한 저 들길 따라
그리움 물들이던 소녀 하나
코스모스 빛 가을을 안고
내게로 걸어오네

세상 파랗던 시절
사과처럼 불그레 발그레
오색 꿈 그 순수
그날의 노래를 부르며 오네

그 꿈에 실려 날려온 삶
너무 아득해 눈물 날 때면
세상 청초한 그 소녀
추억을 뿌리며 다독여 오네

가을, 그리고 또 가을이 와도
추억 하나면 살아진다며
세상 따뜻이 속삭여 오네
그날의 들꽃 뽀얗게 안고

연꽃이 핀 사연

때 묻음 하나 없이 정갈한 당신
어찌 그리 고우신가요
아마도 당신께선 티 하나 없는
무결점 땅에서 오셨나 봅니다

아니 아니, 그런 말씀 마시어요
눌려오는 뻘 무게에 가슴이 눌려
숨조차 버거웠어도 어둠에 면벽 수행하며
꽃대를 밀어 올린 사연 그댄 모르십니다

그대가 혹해 하는 고운 이 모습
들여다보면 다 눈물이어요
봄날의 소쩍새보다 더 짙은 울음, 그 또한
업이려니 견디었더니 이렇게 꽃이 핍디다

그래서 말인데요 내 소망은요
나 하나 꽃 피어 세상도 그대도
청정히 평온히 정화되는 것
그 하나면 더 바랄 게 없겠습니다

파도의 낭독

사랑도 열정도 다 잠재웠는지
들끓던 여름 바다가
열 내린 아이처럼 평온해졌다

그 많던 발자국들 다 어디 갔나
가버린 날의 사랑을 더듬는
파도만이 외로워

그 쓸쓸함에
낭독 소리 드높여도
간간이 물새만 날고

사랑도 추억도
모두 돌려보낸 바다엔
파도만이 처량히 저 홀로 가슴 치네

식은 정열 뒤로 밀려드는
허무처럼 파도야, 너 또한 몹시도
마음 준 그 무엇 있었나 보다

저 달이 어느새

앞산 소쩍새 숲도
머얼리 뱃고동 부두도
고요히 재워 놓고
달빛은 어쩌자고 저리도 밝은지

언제부턴가
실눈썹 같은 달 하나
초연히 걸려 있길래
밤이라 뜨려니 여겼더니

어느결에 차올라
이토록 만발한
그리움 될 줄이야

저 빛이 암만 그윽해도
돌아서면 지고 말 터
또 칠흑의 그믐 속을 헤맬지라도
차오르는 달을 어이 막으랴

어차피 그리움이란
보름과 그믐 속을 오가는
달의 배(腹)인걸

화양연화 그 봄 속으로

꽃비 내려 눈부신 길, 찰나여서
더 고운 길, 눈 닿는 곳마다
님이어라 사랑이어라

나부끼는 꽃잎 따라 어느 청춘은 피고
어느 청춘은 지겠지만 스치는 얼굴마다
도원의 빛 살풋 머금고 꽃 속에 꽃이 되네

그대 고운 청춘 위로 째깍째깍 흘러갈 봄
그 봄 한 자락 베어 물고 그대와의
화양연화* 그 얼마나 눈부실까

휘감기는 꽃잎 타고
우리 사랑도 저토록 벙글어진다면
생애에 그만한 꽃길 또 없으리

*화양연화: 인생의 가장 아름답고 행복한 순간

하심(下心)

돌아보면 한 가닥 환상이고
여름날의 반딧불이거늘
천 년을 살고 질 듯 영화를 누릴
철옹성은 지어 무엇하리

잡고 보면 한 자락 춘몽이고
풀잎의 이슬이거늘
만 년을 살고 질 듯 욕심을 들일
곳간은 채워 무엇하리

해 지면 접어야 할 소풍 길
놓고 가더라, 다 놓고 간다는데
스스로의 족쇄에 고행길 자초 말고

번민에 갇힘 없는 새처럼 구름처럼
훨훨 거리다 가자꾸나

딩동댕 카페

딱 보면 알 수 있죠
창가의 애리애리한 저 둘은
죽고 못 사는 연인이 틀림없나 봐요
남의 눈 상관없이
토닥토닥 스킨십 중에도 눈빛이
저리도 애틋한 걸 보면

아마도 그럴 걸요
해도 해도 할 말이 봇물 같은
긴 테이블의 그녀들은 사람 많은 곳에서
중년의 외로움을 메우는 중인가 봐요
시계도 멈춰 놓고 호호 락락
저리도 유쾌한 걸 보면

딩동댕, 정답 맞아요!
그 와중에도 귀 틀어막고
카푸치노와 열공 중인 건너편 학생은
도서관보다 더 집중이 잘 되나 봐요
노트북에 꽂힌 눈동자가
저리도 진지한 걸 보면

정말 그런가 봐요
머리숱만 좀 희끗할 뿐
마음은 청춘이신 저 어르신들도
요즘은 숭늉보다 커피가 더 좋은가 봐요
익숙한 취향이신 듯 시키면 아메리카노도
거뜬히 즐기시는 걸 보면

아마도 그러실걸요?
웃다 보면 행복해지고
머무르다 보면 엔돌핀도 포동해지는
영혼 충전소쯤 되나 봐요
만만찮은 커피값에도 어제 가고 또 가고
저리도 들락대는 걸 보면

딩동댕,
아, 번호표에 불 들어왔네요. 차 나왔나 봐요

너라는 나무

설령 우리 사랑이
내일 끝날지라도 너라는 나무,
그것만큼은 베어낼 수 없을 것 같아

네가 드리운
아름드리 그늘에 서면
가슴 가득 번져오는 그 새콤함
내 생에 그만한 행복 또 없을 테니

설령 미움 뿌리에
가슴 눌릴지라도 네가 안겨준
새콤한 절정 그 하나면

황홀한 사랑 뿌리
또 내 가슴 휘감을 테니

뜨거운 감자

철새도 날아가고
잎새도 떠나고 떠난 것만
파노라마처럼 남겨진 계절의 끝자락
어찌 계절은 그리도 빨리 가고
우린 또 어찌 여기까지 와 있는지

잎새도 사람도 이런 날 올 줄 알면서도
꽃 피우고 물들이는 일을 위해
혼신을 다하며 달려왔었지

너나없이 공평히 쥐어진 삶이라는 그 감자
열렬히 열애하고 사모하면서 한 시도
놓지 않고 품고 오느라 데이고 긁힌 날
많았지만 그래도 감자를 쥔 손은 참 따뜻했었지

밭에 있을 땐
꿈에 부풀어 올망졸망 꿈을 달아 올리던
감자가 사람의 손에 쥐어진 순간부터는
뜨거울 수밖에 없다 하니
놓지도 버릴 수도 없을 바에야
그 뜨거움마저도 감사히 품고 갈 수밖에

가을은 가을은 그래서 좋습니다

가을을 묻혀온 바람 소리에
그대 있는 곳 그 바람인가 하여
문 열어봅니다

다정히 눈빛을 건넨 일도
추억을 나눈 일도 없지만 그럼에도
이렇게 마음이 가는 건 나만의
착각일런지요

그렇대도 좋아요. 거드는 이 없어도
저 홀로 붉었다 지는 가을 잎처럼
제멋에 취한 행복도 행복이니까요
가을은, 가을은 그래서 좋습니다

아무 일 없던 사람끼리도
인연의 색을 입히며 문밖, 바스락거림
하나에도 그대인가 그대이려나 하고
내다봐지니까요

새야 새야 파랑새야

아무도 본 적 없지만 있을 것 같아요. 정말
사랑을 행할 때 마음을 낮출 때
선물처럼 날아와 주는

누구도 본 적 없지만 와 줄 것 같아요. 분명
일소일소 웃음소리 창을 넘을 때
사랑처럼 머물다 가는

어떤 날은 수두룩하게 어떤 날은
깃털조차 아니 보여도 이 세상 사람 모두가
품고파 하는 허탕 쳐도 또 기다려지는

영원불멸 그리움의 새, 알 것 같아요. 이젠
새야 새야 그 파랑새
그런 사람 그 마음에만 산다는 것을

만인의 이브이어라

네 숨결 일렁일 적마다
나신의 이브를 본 듯
세상은 온통 아담의 눈동자처럼
휘둥그렇다

푸른빛 감돌던 시절
수줍어 입술 가리던 처녀처럼
반들거리는 그 싱그러움에
저만큼 돌아앉은 목석도
사랑 않곤 못 배길 테지

상큼한 샴푸 향처럼
사랑을 부르는 그대
세상을 온통 청춘의 피로
들끓게 한 그대는

오월이라는 이름으로
다녀갈 만인의 이브이어라

드높은 가을 하늘 아래

탕! 간 떨어질 뻔한 총소리와 함께
달리기도 시작됐는데
공책 탔다고 자랑도 해야 하는데
울 엄만 왜 여태 안 오시는지

알록달록 차려입고 부채 춤출
예쁜 내 모습, 세상에서 제일 곱다 하실
울 엄마만 안 보이신다

사이다며 계란이며
맛난 거 먹을 생각에 얼마나 설렜었는데
조금만 더 늦게 오셨더라면
울음보 터뜨리며 엄마 찾아 삼만리
할 뻔한 가을 운동회 날

나도 울 엄마처럼
아이가 제일 좋아하는 것 싸 들고
풍악 소리 쩌렁한 만국기 아래 서 있다

청백 함성 쩌렁한
드높은 가을 하늘 아래
엄마 찾던 아이가 엄마 되어 서 있다

그대 외로운가요

그대, 외로운가요
혼자라는 생각에 더 아픈가요
즐거워 죽겠다는 축제 속 저 인파도
알고 보면 다 이방인인걸요
애초에 우리의 원적(原籍)은 에덴이었으므로
다만,
인생이라는 번잡한 거리를 배회하다 가는 것
뿐일지니 쇼윈도에 비친 어느 날의 내 모습이
낯설지라도 굳이 반문(反問)도 말며
길 잃지도 말기로 해요
마음 주었던 자리 정을 섞었던 거리를
바람처럼 돌고 돌다가 결국은 홀로일 생,
고독마저도 즐기며 홀로에 익숙해지기로 해요

해 질 녘, 절벽 위를 컹컹대는
짐승의 절규처럼 그처럼 처절히
외로운 날도 있겠지만
누구나 한 번쯤 그런 밤 그런 날
안아가며 산다는 것을,
하여,
더 이상 외로움은 혼자만의 것이 아님을
밤이 지면 또 아침은 올 테니요
그대, 이제 외롭지 마요
찬란한 이 아침도 그댈 위해 밝았는걸요

소낙비

멀쩡한 햇살만 믿고
창마다 하늘을 넣고 왔는데
마른하늘에 소낙비 퍼붓는다

고래 숨통처럼 벌려둔 창에
댓살 같은 빗가락이 타 넘어도
동동 애만 태울 수밖에

인생의 행길 또한
마른하늘에 날벼락인 적
한두 번이랴

젖으면 말리고 마르면 또 젖는 삶
애태우면 무엇하랴
젖음마저도 익숙해지고 나면
비 온 뒤의 땅은 더 굳어지는 법,

한바탕 후련한 퍼붓김 뒤엔
벙어리 냉가슴도 울화통 속내도
옥양목처럼 뽀송할 테지

치자꽃 그 향기

그래, 계절처럼 피고 지는 게
사랑이라 치자
그렇다고 가슴 가슴 물들인
추억까지야 잊을 수 있나

치자꽃 피는 오뉴월 하늘
그 하늘 날며 꽃나비였던 날도
다 잊었다 치자
그렇다고 그 푸른 날 모두
하얗게 지울 순 없을 거야

가슴을 눌러놔도 다시 그립고
그리움이 다 그렇다 해도
뻐꾹새 타 넘는 저 산길
치자꽃 저리도 길 밝히는데

그래, 무심 속에도 떠난 적 없는 것이
그리움이라 치자 그렇다 치자
그 그리움 속에 나 살으오리니

달빛과 나

헐렁해진 가지 사이
둥근 저 달님, 어느결에 따라왔는지
화안히 웃음 지며 내 모습 비춰주네

달달 시를 외던 소녀가 사모하던 그 시절의 달도
탈탈 삶의 수레 뒤로 따라온 이 밤의 달도
언제나처럼 그윽이 내 마음 안아주네

때론 벅찬 감성으로
때론 간절함으로 우러르며
소녀에서 여인의 길까지 함께 흐른 님

창가에 찾아드신 어느 밤엔
어디론가 둥둥 홀씨처럼 날아도 보고요
이렇게나 좋은 당신

바라만 봐도 마냥 행복합니다
그대 바라기 이 마음 아시려나요

단풍에 젖다

불붙은 가을산이 붉은 깃 내세우고는
열렬히 호객행위 중이다

심장에 붙은 불길로 움직이는 동체는 모조리
빨아들인다는데 그 내밀한 작업이 궁금하여
뒤도 안 보고 따라붙이는 발길이
자석이 따로 없다

아무튼 그 속에 빨려든 후엔 하나같이
붉은 이불 뒤집어쓰고는 쓰러지기라도 한 건지
그 뒷모습이 감감하기만 한데

설령 허풍뿐인 호객인들 어떠랴
지고 간 번민 다발 벗어 놓고
나비 되는 홀가분함, 그 희열 하나면

백번을 홀려도 좋을 여우 같은 산
홀딱 젖고서야 풀려난 그 품의 여운 탓에
오늘 밤은 꿈에서도 호객 당할 듯하다

그게 탈이지

행복에 대하여 지금껏 들어온
귀한 말씀들 한곳에 모아 보면
어마 장장한 태산이 되고도 남을 테지

공자 왈 맹자 왈에 끄덕끄덕
장단만 맞추면 뭘 해 냉장고 문짝 열다 말고
뭘 꺼낼지 잊은 건망증처럼 금세 깜빡깜빡인걸

볼 때마다 커 보이는 남의 떡시루
입에 맞는 내 것 놔두고 비교하는
몹쓸 욕심 그게 탈이지

파랑새 잡겠다고 총 들고 가나
맨손으로 가나 돌아올 땐 다 빈손인걸
총알, 신발 다 거덜 내고 후회하는 그게 병이지

갈 수 있어서 볼 수 있어서
듣고 말할 수 있어서 얼마나 감사하고
행복한가

오늘 들은 강연 중의 말, 밑줄 긋고
동그라미 치고 코팅해 두면 남의 떡,
파랑새 따윈 삼백열네 촌쯤 멀어지려나

사랑의 공식

한 마디 하면
두 마디 새겨듣더니
이제는 두 마디 해도
한 마디만 들은 척,

내 눈에 들려고
장미를 바치더니
이제는
꽃 대신 눈물을 바치려나
한 뼘 두 뼘 멀어지어
그림자조차 멀다

그래서 오늘은 한 마디만 했다
들려올 메아리는
뺄셈일까 덧셈일까?

갈 교향곡

장송곡 같은 저 바람 소리
깡마른 그 울음소리에
어금니 깨물던 창(窓)도 꿈길을 설친 나도

혼미한 간밤의 행적을 덮고
아침을 안았을 때
문밖엔 겨울로 가는 마차가 서 있었다

아, 그랬었구나
죽도록 사랑만 해 놓고 가을이 숨겼는데
그만한 살풀이 없이 그 먼 길 어이 가겠나

만나면 헤어지고
오면 가야 하는 회자정리의 삶
그 길목을 지휘하는 여측 없는 손
계절의 마에스트로여

네 열정, 네 보람에
또 한 해가 찬란히 피었다 진다

바다의 추억

먼 고동 소리
파이프처럼 울려오면
수평선 굽이굽이 추억이 밀려오네

넘실대는 저 파도는
내 가슴 적시던 당신의 노래
이글대는 저 태양은
내 마음 담기던 당신의 눈빛

부서지는 포말 위로 살며시
마음 포개면 은빛 심장 파닥이며
밀려드는 나의 바다여

그 설렘 그 뜨거움은 식고 없어도
흰 포말 굽이굽이 회상의 배는
그날을 실어 나르네

알밤과 가을 숲

까칠한 가시 침낭에서도
시간은 흘러 흘러 가을은 왔죠
풀벌레 우는 달빛에 누워 하루 또 하루
그러다 마침내 나의 계절 가을이 왔죠

나처럼 토실해진 상수리나무, 떡갈나무,
굴참나무도 가을을 노래하며 툭, 톡, 또르르
바람이 지날 때마다 기별을 넣으면
숲 친구들 몰려와 우리들만의 파티가 시작되죠

고생해서 남 주나, 흔히들 그러지만
아무리 좋은 보석도 혼자서는 의미 없죠
잘나고 못남 없이 서로 어우러져 숲을 키우는
아름다운 공생

그 기쁨 번질수록 단풍도 불처럼 번져만 가는
가을 숲, 가을 산에는 사람들은 모르는
그들만의 거룩한 축제가 있죠

눈 내린 데이(day)

이글루처럼 소복이 눈을 품은 골목골목
하얀 애마들, 주인님들 속도 모르고
나름 행복들 하단 표정이다

눈만 뜨면 내달리던
질주의 본능 따윈 까맣게 잊었단 듯
'쉿! 날 깨우지 마요!'
설국으로의 여행을 방해 말란다

아득한 차도 위엔 레이스의 본능을 포기한
애마들만 하나, 둘 거북이처럼 기고 있고
간간이 발자국으로 길을 찍는 사람 몇몇도
펭귄처럼 뒤뚱대는

햐아, 천하태평 눈 내린 데이(day)
세상에 당연한 건 없을진대 당연히 섬김받던
애마도 새삼 고맙고 감사의 눈(眼)을 틔워 준
저 눈(雪)도 고마워진다

뒤뚱거릴 때에서야 알아지는
펭귄의 마음으로

그 이름 부. 모.

동동동
하얀 밥 알갱이들의 해탈이 시작되었다
족히 예닐곱 시간은 넘게 열 받은 몸
체념하고는 식혜라는 이름으로 거듭나고자
하얗게 해탈된 저 결정체들

그 깨달음이 내 몸과 화(和)한다면
금세라도 경전 몇 줄은 족히 달관할 듯하다

세상에 이름 달고 나온 것은 무릇
삭히고 비우지 않고는 그 이름값 온전히
못 해내는 법,

진득이 해탈된 저 밥알들처럼 문드러진
속내의 그들을 일러 부모라 칭하는가 보다
누군들 그 길 알고서 왔으랴만
세상에서 가장 이문 남는 농사이고
가장 보람 있는 농사라기에

살아있는 부처이길 마다치 않는
그 이름 부, 모
둥둥둥 그 몸 안에도 그런 알갱이
몇 알쯤 떠 있을 것 같다
지금도 뭉근히 발효 중일 듯하다

가을 우체국에서

국화 화분이 총총히 놓인 우체국 앞을
지나다가 노란 추억 상자 속의
연애편지를 꺼내 보았네
숱한 사연들이 한 잎 우표로
밀봉된 채 그리운 이를 찾아 나서던

그 옛날 우체국엘 들어가 보았네
절절히 꿰어낸 진홍빛 언어로
그대에게 또 그대에게 라며
쓰고 또 쓰던 그 붉은 문장들,

지워진 주소 속으로 그리움을
부쳐 놓고는 세월의 레일 위를
걸어 보았네

홍옥보다 붉어진 내 마음 어찌 알고
레일 위에 꽂혀 든 감빛 햇살이
어디론가 떠나자고 했네

가을 우체국에 가면
그리운 날로 데려다주는
가을 기차가 오네 이따금씩 잊고 지낸
세월들이 감빛 햇살을 타고 오네

악보가 점프하다

창가엔 햇살이 피고
커피 향은 그윽이 나를 감싸고
어디선가 잔잔히 슈베르트의
세레나데도 흐른다
아, 좋다, 행복이 넝쿨째 배달된 이 느낌

그리고는 제2장을 넘기려는데
갑자기 악보가 껑충 뛴다
일순간 창가의 햇살도 삭제되고
빚 받으러 온 듯 쾅쾅쾅, 문 두들기는 소리

악보는 베토벤의 운명 교향곡으로 바뀌었다
하기사 저는 아무 짓 않았다는 바다도
밥 먹듯 파도를 타 대는데
그깟 악보의 점프쯤이야

너무 평정되어도 싱거울까 봐
마음의 간, 자주자주 맞추라는 듯
일순간 뒤바뀌는 삶의 페이지
한 치 앞 알 수 없는 생의 악보여!

가까이 더 가까이

바람도 차졌고 낙엽도 흩날려 대니
여름날 덥다며 이래저래 꿍쳐둔
가슴속 불씨도 살펴봐야겠어요

가까이 더 가까이
그래야만 서로의 숨결이 닿을 거라며
이 아침도 바람이 거칠게 다그치네요

아닌 척, 모른 척 바라만 보던
강 건너의 당신께도 이 바람이 스쳤다면
보류된 그리움을 이으며 가슴속 불씨를
들춰 볼 테죠

그러고 보니
사시나무처럼 떨 것만 같던 이 계절이
어쩌면 폭염 속보다 더 깊이 뜨거울지도
모르겠네요 하나로 결집되는
혹한의 호수처럼 마음의 극 서로를 흘러
절로 부싯돌 되어질 테니

가까이 더 가까이
춤추는 눈발처럼 그대가 다가오네요
파르르 창문이 떨리네요 올겨울엔 적어도
춥다며 사랑이 보류될 일은 없을 것 같습니다

단풍주 한잔해요

바스락바스락 저 바람 소리
가을을 갉는 건지 청춘을 갉는 건지
저리도 소란한데 그대여, 우리
단풍주 한잔해요

죽을 듯 울어대던
귀또리도 더 이상 기척 없는
무정한 이 밤인데 그대여, 우리
사랑주 한잔해요

오동에 걸린 달빛 같은 생
저 달이 밝혀줄 때 그대여, 우리
인생주 한잔해요 가을과 한패 되어
사그락사그락 이 밤 새도록

태양의 계절은 가도

사랑이란 그런 건가 봐요
좋아서 너무 좋아서
뜨겁고 뜨거운 태양의 계절이어도
누군가는 떠나고 누군가는 남겨지는

이별이란 그런 건가 봐요
아파서 너무 아파서
가눌 길 없는 소낙비의 계절이어도
시간이라는 아스피린에 또 살아가지는

기다림이란 그런 건가 봐요
멀어서 너무 멀어서 아득히 막막한
안갯속 계절이어도 오늘일까? 내일일까?
그 애달픔에 멈출 수 없는

그것이 인생인 건가 봐요
온정과 냉정의 계절 속에서 얼렸다 녹였다
심장이 흐물해져도 그것 아니면 생일 수 없어
오늘도 그쪽으로만 문 열어 두는

가을 동화

멋진 시월 속으로 구름 배 타고 떠난 하루
화끈히 등 떠미는 갈 볕을 따라
가을 동화를 적고 왔네 잣나무 길, 은행 숲 지나
윤슬의 강변을 돌던 그 순간만은
당신도 배우, 나도 명화 속 주인공였지

빨강 점퍼의 속없는 남자도 파스텔 남방의
해맑은 여자도 잘 달궈진 갈 숲으로 자석처럼
빨려들어서는 묻어둔 연애사를 찾거나 또는
새로운 연애를 적으며 꽃처럼 웃고 또 웃으며
즐거워했네

볼록이 볼을 채운 청설모와 뒤뚱대는 오리까지
들러리로 나서 주어 은행알, 잣알처럼 톡톡
터지던 웃음 알갱이 기쁨 알갱이들
우리 남은 가을 중에 그런 날 몇 날이나 될지

아름다운 날 아름다운 사람들이 머문 남이섬 가을
그곳에 남겨 둔 내 고운 추억 잎새는 오래도록
선명히 나부끼리라

명작이 숨 쉬는 저 가을 속으로
첫사랑의 눈동자처럼 반짝대던 윤슬의
그 강 너머로

포유류의 그리움

그리움 없을 언덕인가 하여
떨리는 가슴 내보였다가
가슴에 박힌 못 될지라도
나, 그대에게 해바라기로 피려 하네

신기루 속 인연인들 어떠랴
어차피 꽃이다 갈 생인 것을

바닷자락 훑고 온 바람결에도
마냥 솔깃해지는
아, 익숙한 그 습성
그리움의 파발이려니

한순간 격정인들 어떠랴
어차피 꿈이다 갈 생인 것을

끝내 떨칠 수 없는
유혹의 잉걸 앞에
포류의 습성을 익힌 우리가
사랑 말고 할 것이 더 무엇 있을지

노을에 비친 그대

펄럭이며 번져오는 붉은 저 노을
그 하늘 다가와 나를 적시면
너 있는 듯 찾아드는 처음 그 자리

여지껏 서 있었나 봐
마음만 달궈놓고 흔적 없던
어둑어둑 저 노을 속을

송두리째 풍덩이다
섬광처럼 사라진 임
너무 미워도

회한처럼 울먹이는 붉은 저 울음
그 울음 번져와 나를 울리면
그날처럼 피어오는 그대 그리움

나의 여자여

활화산처럼 솟구치며 회오리치던 혈,
삶의 유전(油田)이던 그 콸콸함
어디쯤에서 멈춰버렸나

가열을 끝낸 오븐처럼
스르르 식어버린 화통(火桶) 하나
멀어진 불의 시간을 그리워하네

그 열(熱)에 익힌 파이들로
행복을 숙성하며 삶 깊숙이 유영해온 혈,
그 누가 있어 이리도 가뿐히 조종하는가
이리도 당연히 순응케 하는가

초저녁달 암만 그윽해도
파문 한 점 없는 호수 같은 이 잠잠함이여
사계를 훑고 온 바람처럼
추억 하나로 버티는 쓸쓸한 체온이여

제 몫을 다한 계절처럼 이젠
아, 무늬뿐인 나의 여자여

갯바위의 사랑

가슴 터지게 그리운 날엔
갈매기 나랠 빌려서라도
날고 싶었지

그 격정의 정
어디로 다 씻기우고
열을 잠재운 겨울 바다처럼
빈 물결만 조용히 가슴 치는가

그러나 후회는 없네
죽도록 사랑하고 죽도록 사랑받고
살이 부서지도록 파도를 안아 봤으니
더는 그리울 것도 외로울 것도 없네

사랑하고 사랑했던 정
물꽃 위로, 저 해조음 속으로
하얗게 지워진대도

그럼에도 착각착각

낡은 관절이 삐거덕 신호해 와도
연애할 때 즐겨 신던 뾰족구두에다 거추장스런
긴 생머리만 고수하는 따로국밥 같은 여자도 그렇고

나이는 숫자에 불과한 거까진 좋은데
밖에 나가면 아직도 따라올 여자가 한 트럭이라며
저 혼자만 인정하는 공갈빵 같은 남자도 그렇고

쌀도 돈도 안 되는 글 나부랭이 잡고 주야장천
씨름하면서도 한 줄 따끈한 댓글 앞에선 칭찬에
춤추는 고래처럼인 어떤 무명 글쟁이도 그렇고

자신이 못다 이룬 찰진 그 꿈을 자식에게
빠득빠득 무조건 인계하고는 모름지기 일등만을
고집하는 앞집 맹모파 엄마도 그렇고

뱃살에 묻힌 그놈의 초콜릿 복근은 나올 생각도
없는데 곧 죽어도 나온다 곧 나온다면서도
운동과는 담쌓은 어떤 남편도 그렇고

초심 따윈 나 모르쇠, 밥그릇만 뜻이 있고
해 논 일도 없구마는 때만 되면 또 나와서
풍선 공약 남발하는 어떤 나리님도 그렇고

하나같이 즐겨 먹는 그들만의 약이 있다
밥보다 배부른 약, 일명 '착각'이라는
아스피린제

그 마니아 중에 하루라도
그것 없인 삶이 시들해지는
나도 실은 그중 하나다

내려놓지 못해 가지지 못해 이루지 못해
그러지 못해 허기진 영혼들에겐 그보다 더
땡길 수 없는 효과 만땅 최면제라서

당신의 그대도 그대의 나도
중독된 익숙함 또는 자아도취적으로
오늘도 야금야금 착각착각 포만하게
삼켜낼 테지

오남용 또는 과다복용으로 인해
치명상을 입을 수도, 입힐 수도 있다는
주의 문구만 잘 숙지하면
행복 만땅 최면제로는 그만한 약 또 없으므로

별사람 당신

젊음의 용광로 안고
신기루 찾던 시절엔 먼 하늘의 별이
더 빛나 보였지만

불혹이라는
부록(附錄)을 간직한 이제는
가장 가까이서 빛나 주는 별이
진정한 별이란 걸 알았습니다

굳이 사랑이라는 포승줄 없이도
눈 감으면 한 움큼 별이 주르르 한
별사람 당신

모진 풍상에 넘어질 듯 아슬해 보여도
속으론 더 단단히 뿌릴 키운 바위처럼
내 삶에 뿌리내려 날 비추이네요

그 세월 돌아보며 더 사랑할게요
먼 하늘의 별은 역시
잠시 잠깐 빛나다 사라지는
신기루일 뿐이었습니다

아직 늦지 않았어

언젠가는 헤어질 우리지만
아직은, 아직은 아니라고
스치는 바람에라도
후회의 말 전해 보나니

그대 부디
너무 멀리 가지 않았기를
귀 기울여 부디 들어주기를

만추 속을 훑는
저 낙엽비가 더 처량해지기 전에
그나마 남은 체온 더 서늘해지기 전에
돌아가자 사랑아 다시 피자 그리움아

한 번은,
한 번은 놓아야 할 인연이지만
그만하면 됐다 싶을 때
그때 놓아도 늦지 않으리

느티 아래서

바람 불 때나 행복할 때나
누구나의 마음 안에 서 있을 든든한
느티 한 그루
그 느티의 잎이 산들바람을 타고 와
햇살 속으로 팔랑댑니다

푸른 자궁을 열어 소멸의 문턱에 설
그날까지 사람의 가슴에 연애를 심어 주고
끝없이 그리움 퍼내는 나무,

사랑이 무언지 인생이 어떤 건지도 그에게서
배웠기에 살면서 떨어져 나간 잎새도
스스로도 달아낼 줄 아는 우리가 되었습니다

어떤 날은 인연을 만들고
어떤 날은 이별을 만들어
기뻐서 죽겠고 아파서 죽을 것 같던
파랗고 노란 그 마음 다 받아 주고도

그래도 사랑은 또 하는 거라며
끝없이 연애를 부채질하는 든든한
버팀목 한 그루
그 약손의 잎이 초여름 미풍을 타고 와
가슴속으로 팔랑댑니다

그 밤에 양 떼가(不眠)

우기를 피해 몰려가는
누우 떼처럼 밤새 꿈길을 타 넘던
무수한 양 떼, 그 양 떼들,

헤아릴수록 불어나는 고것들에게
저항 한번 못한 채 백야의 볼모가
되고 말았네

어느 밤에도 무작정 들이닥치길래
잘 돌려보냈다 싶었는데
자물쇠가 또 허술해졌나 보다

걷어낼수록 더 집요한 고것들과
한 패인 양, 별 무더기까지
말똥말똥 한술 더 뜬
뜬 눈의 밤,

안 되겠다 날 새는 대로 자물쇠를
고쳐야겠다 아니, 풀부터 뽑아야겠다
초원일 줄 알고 온 고것들
다신 착각 못 하게

달과 동백

달이 설 때만 허락되는
오직 그 빛만을 감지하는
정확한 센서, 그녀 안엔 그런 문 하나 있네

때론 그만 감지되길 바란 적도 있지만
오작동일 땐 불안 초조한 필요불가결* 장치
그녀 안엔 신전처럼 거룩한 성(城) 하나 있네

달이 들락일 때마다 피고 진
무수한 동백 동백꽃, 그 마법에 실려
생이 여무는 그녀만의 계절 하나 있네

시간이 다하여 달도 지고
청춘도 깜깜이 지고 말 어느 날이면
홀연히 사라져 버릴 그 우주,
그 경이로움에게 이렇게 적네

청춘의 날을 동락한 뜨거운 달이여
여인의 효시인 숭고한 문(moon)이여
꽃마을에 머문 그 행복 감사로웠네
애증처럼 아릿하게 안녕 안녕 뜨겁게 안녕!

*필요불가결(必要不可缺): 반드시 요구되고
 없어서는 아니 됨

초가을 소야곡

귓전을 파고드는
쩌렁쩌렁 풀 벌레 소리
뉘 가슴 녹이려고 저리도 애절한지

구름 새로 언 듯 언 듯
달빛도 빛나겠다 사랑하기 좋은 이 밤
받아주오 들어주오 애끓는 구애 소리

숨 넘는 저 타전에
나도야 이 밤 한 자락 베어 물고
임에게로 흘러가리

천상의 선율에 슬쩍 업혀
잊은 마음 엮어 보리 그대 멀리
아주 멀리 더 하얗게 잊히기 전에

압력솥

뚜껑에 달린 추가 안 보인다
난감 무지로소이다, 다
밥물은 다 맞춰 놨는데

헐거워진 추가 아슬해 보일 때
알아줘야 했었는데
이제 돌리는 거 그만하겠다며
파업이라도 했는지
꽁꽁 숨어 찾을 길 없다

집채도 끌 듯한 굉음의 분출,
칙칙 푹푹 푸우 우우 웁
건드리기만 해 봐!
펑~ 날아가 버릴 거야~

추가 돌 때마다
폭발할 듯 고래고래 소릴 질러도
돌아서면 또 잊히던지
열 받는 일에 참 숙달된 넌
아픔도 싫증도 모르는 줄 알았지

그래도 지나고 보면 알아질 거야
핫핫 대며 아우성치던 불의 시간들
열렬히 너를 돌리던 그때가 행복했음을

추로 태어난 이상 돌지 않고 어찌 살아!
잘 생각해보고 다시 돌아와 주길
임무를 다하고도 여전히 여자이고픈
완경의 여인처럼 뜨겁던 그 전성기가
그립지도 않니?

바람 부는 날은 자작나무 숲으로 가네

불러도 대답 없을 그대지만
바람 부는 날이면 또 이렇게 찾아와져요
추억을 놓고 간 하얀 자작나무 숲

그리움 감추며
하얀 몸 곧추세운 저 솟대처럼
삭혀도 삭혀도 웃자라는 사랑
그 사랑에 목 아픈 세월 그대 알까요?

불춤 속으로 하얗게 태우던 사랑
자작자작 사랑을 태우던 소리
단 한 조각이라도 실려 오려나
지나는 바람결에도 애달피 돌아봅니다

지난 것은 지난 대로 잊어야 한다지만
추억이 자작한 저 가지들이
아직도 저리 푸른 걸 어찌합니까?

수선화 피면

신비한 꽃말 때문일까요
그도 아님 나르시스즘이 통한 걸까요

살포시 꽃다발 건네 온 그날도
봄이 피던 이맘때였죠

그날을 상기시키듯
라디오에선 일곱 송이 수선화라는
음악이 흘러요

사랑에 답하라는 꽃말은
그냥 꽃말이 되고 말았지만

나르시스의 우물 맴돌며
그리움을 투영하던 그 마음이야
잊힐 리 있겠나요

한 아름의 황금별
내 영혼 노크하던 그 떨림의 날을요

밤꽃 향기 밤하늘에 휘날리고

새콤달콤 이 향기는
어디서 날아오나
그대 숨결처럼 너무 달아
가로등마저 무드 젖은 홍등 같아라

갓 샤워한 여인이 스친 듯한
샤방샤방한 이 길 끝쯤엔
팜므파탈의 여인국(國)이 있지 않을까

본능을 터치하며 살랑살랑
유혹의 향기, 이 길 끝자락쯤엔 아마도
복사 빛 유토피아가 있지 않을까

아, 살아있음이 감사하여라
가슴에 붉은 화등 하나 걸게 해 놓고
익어만 가는 봄밤의 서정

돌풍 불던 날

밤새 창가에서
북을 치던 바람이 지칠 대로 지쳤는지
쇠잔한 기색으로 새벽 위에 누웠다
세상을 들었다 놨다 부산 떨고 간
간밤의 불청객 돌풍 떼,

그 누구도 청한 적 없건만 구석구석
알뜰히도 인사 다니며 세상 속으로
또 하나의 길을 내고 갔다

흔들수록 더 세게 붙들어야 한다는데
돌풍과 사투를 벌였을
배밭, 사과밭들은 안녕들 할지
어떻게 견뎌온 여름인데 무사해야 할 텐데

살면서 한 번쯤 손에 쥔 끈 놓고 싶단 생각
안 해 본 적 뉘 있겠냐만
떨궈낼 듯 몰아치는 돌풍에도 끝내
놓을 수 없는 한 가닥의 줄,

그 목숨줄 하나 부지하고자
다들 그 고생하며 매달려 내는 것이리
마침내 달아질 삶이라는 그 믿음 하나로

석류의 노래

클레오파트라도 반할 만큼
매혹의 보석을 품고 태양을 흠모한 사연

비밀스런 그 밀애사
더는 참을 수 없었던지
타드는 갈 볕 아래 뱉어낼 참이다

뭇 여인들의 로망 에스트로겐의 화신,
이름만 들먹여도 침이 쾰쾰할 만큼
매력덩어리 그녀지만

그 이름 얻기까지 그저 열락만 있었으랴
여름날의 땡볕에, 어느 날의 땡벌에
이러저러 땡감의 가슴

높푸른 하늘 아래
쏟아지는 그녀의 히스토리,
알알이 박혀오는 보석의 언어
하늘 높아 공활한 이 가을을 채워오네

사람의 영화가

사람의 영화(榮華)가
들판의 꽃과 같음을 말해주는 듯
그 영화를 지우며
눈물 같은 비가 내리네

너나없이
뜬구름에 얹힌 삶
높고 낮은 부유(浮遊)의 차이일 뿐
내려옴은 한순간이네

봄날의 영화가
덧없기로서니 그 덧없음
내 것 될 줄은 착시로 세월 가던
그 봄날엔 몰랐었네

그 뜬구름
인생을 위해 봄은 또
판을 벌이고 뭇 화조(花鳥) 또한
구름에 꿈을 꽂누나

여우비

옥상에 널린 빨래가 걱정이다
야금야금 양산을 적시며
말짱한 하늘에 여우비 울고 간다

여우가 시집간대서 정말 그런가 싶어
꽃가마를 기다리던 날,
그때는 말(語)이면 모두 다 믿었었다

웃음 속에 비든 하늘처럼
못 미더운 세상사 못마땅하기 그지없어도
그 덕에 전화위복 그 덕에 새옹지마,

그래서 말이면 모두 다 믿어줄 일이다
그럼에도 어긋나는 말(語)고삐는
세월 속에 방목해 둘 일,

양산의 물기를 야금야금 먹어 치운 태양이
그 새 여우 한 마리 시집보낸 모양이다
옥상에 빨래도 다시 말짱해졌겠다

겨울의 길목에서

따스함이
그리운 계절이면
화안한 그 미소가 더욱
그리워져요

사랑하고
또 사랑한다며
꽃처럼 웃던 그 모습
저 바람도 기억하는지

따스했던 우리
그 겨울 속을 데려가네요

기어이
떠나야만 했던 까닭은
지금도 알 수 없지만

보고픔이
더해지는 찬바람의 계절이면
목메인 추억 하나 울고 갑니다
이 겨울을 또 어이할까요

석양의 연가

소명을 다한 전사처럼
훨훨 무거운 넋 벗는 한 줄기 노을
그 장엄한 풍광에 눈시울 젖는다

사랑을 다해 사랑했어도
못다 한 미련이 더 많아
가슴에 얹힌 마음 많았었는데

그래, 어차피 내 맘 같지 않을 세상
꿈도 사랑도 가슴이 시키는 만큼만
취하다가 노을의 넋처럼
황홀이 쓰러져 누우면 그뿐

못다 한 사랑
못다 한 노래 되새기며
살아감이 인생이려니

훨훨 숨겨간 저 석양처럼
오늘의 짐 후련히 내려두고
여명 속으로 배달될 내일만을
안고 가리라

사랑의 술래

꽁꽁 감춰둔 당신 마음
까치발을 들어도
볼 수가 없네요

내 아픈 마음 내려두는 날
당신 또한 술래가 되어질 것을
사랑이 어디 그리 길다던가요

그대 곁에 둔 내 그림자도
그땐 이미 지워진 후일 테니까요

애지중지 나의 텃밭

애지중지 너를 품고 가슴 조인 날
그 얼마였나 풍우 속에 녹은 가슴
푸석푸석 종잇장 같네

호미질 마디마디 박인 굳은살
그 살마저 하얗게 무뎌질 즈음 저벅저벅
생의 가을이 걸어오면 애지중지 나의 텃밭
벌 나비 하나 없이 참 쓸쓸할 거야

그래도 참 다행이지
겨울이 찾아와 눈이 내리면
비워둔 네 심장엔 백설이 이불 되고
그리고 또 새봄이 돌아오면

쑥이며 냉이며 날아든 홀씨들로
그럭저럭 한 치장될 테니
사랑 주고 물 주던 날 그립더라도
너무 외로워 마라

그 누구라도 다 가을은 맞는 것을
하여, 철철이 품고 기른
습관적 애착들로부터 벗어나
본래의 흙인 채 너도 그만 자유롭기를

생강차

매운 줄 알면서도
자꾸만 끌리는 너
온몸에 군불을 지펴 오는

너를 마시면 너를 마시면
잊혀진 사랑 하나
잔 속에 어려오네

후끈 따끈
알싸한 마성의 너도 아마
사랑촌에서 여물었나보다

참 뜨겁고 아리고
동격의 그 성질 그 온도
너를 마시면 너를 마시면

화로 같던 정 하나
찻잔 속에 여울지네

개밥바라기별* 바라보며

내 엄마 계신 곳
영혼의 요람인 그 품 그리워
먼 하늘 보며 가슴 에인 적 더러 있었지

엄마 품에서 님의 품으로 옮겨 온 삶이
녹록질 않아 밤하늘 보며
눈물 훔친 날 또한 더러 있었지

장미의 넝쿨보다
인습의 넝쿨이 더 많아
마음 찔려 아픈 날엔
개밥바라기별 바라보며 그 마음 달랬었지

누가 먼저면 어떠랴
수고했다, 잘했다, 아픈 덴 없냐며
살갑게 더 위하고 살자 나의 사람아

사랑과 믿음의 성곽에서
비 젖은 마음 서로 말려가며
오래오래 그리 살자 나의 사랑아
서로의 요람 되어 가슴속 온돌 되어

*개밥바라기별: 개밥 줄 때쯤 뜨는, 저녁에 보이는 금성

새잎 다는 초목처럼

나무보다는 산을 보자
누누이 다짐해놓고 나무만
확대한 탓에 긁히고 상처 나고

그럴 적마다
인간은 감정의 동물임을
합리화했던 내 마음을 반성한다

바람 잘 날 없는 세상
바람에 눕는 들풀처럼
지혜롭게 의연하게

갔던 봄 왔다며 새잎 다는 초목처럼
겨울의 때 씻고 나온 봄의 눈동자처럼
나도야 그리 살래
내일의 바람은 내일에 맡겨두고

알람(alarm)

밤새 불침번 선 듬직한 기상 병정,
그 우렁찬 나팔수 앞엔
잠자는 숲속 공주도 별수 없이
발딱 일어나고야 말지

하지만 그거 아니?
어떨 땐 득달같은 그 보챔도
외면한 채 신호등 없는 꿈길에 누워
아침이 오지 않길 바란 적도 있었다는 걸

그럴 적마다
한 번쯤 파업할 만도 한데
묵묵히 소임을 다하는 그 성정,

"학교 가야지!
출근해야지! 늦겠다! 빨리"
앵무새 사감, 울 엄마처럼 여측 없는
따따따 나팔 그 투철함에 감복하며
내 소임지의 현주소를 돌아보네

아, 청춘아

아, 청춘아
너는 또 어디로 가려는 거니?
달궈진 잎맥 사이로
가을이 스민다 하여 너마저 가려는 거니

서두르지 않아도 세월은 절로 깊은데
나만 여기 세워 두고서
너는 또 어디로 흐르는 거니

저기 저 하늘 좀 보아
내 마음 부풀게 하던 흰 구름 조각도
바쁘게 어디로 가네

뜨거움을 회상하며
붉은 수혈을 기다리는 녹엽이야
그렇다손 쳐도 너마저 서둘러 대면

저기 저 오솔길에 걸어둔
내 그리움은 어이하리
그 길로 어려올 간절한 그 모습,
그 모습은 또 어이하리야

나팔꽃 사랑

나팔꽃 피어 행복했던 날
그 꽃에 누워 이슬로 반짝이던 날
그러나 그 여름은 지고
내 사랑도 지고

그 꽃이 좋아 그 여름이 좋아
하늘 오르던 홍화(紅花)의 행복
그 행복 잊자니 눈물이 나도
이젠 모두 사라진 한여름 밤의 꿈인 것을

뜨겁던 숨결의 트럼펫 소리
환영처럼 나를 울리면
아니 올 줄 알면서도 알면서도
그 여름의 행복에 누워 불러봅니다

여름날의
이슬처럼 사라진
나팔꽃 사랑 그대, 그대를

몽돌(부부)

시시로 부딪히던 모난 귀퉁이
시나브로 시나브로 베인 물살에
마침내 뿔도 날도 사라진 몽돌이 됐네

내 생각만 더 옳고 네 탓만 더 많다며
시시로 견주며 흘러오자면
거친 그 물살 어디 그저 타 넘었으랴

받쳐주고 기대면서
거듭나자는 물의 소리, 쉼 없이 다독이는
물의 노래에 나를 띄우던 아슴한 여정

상처와 딱지로
점철된 그 세월 헛되지 않았던지
더는 떠밀려 가지 않아도 될

아늑한 아라* 언저리
도란도란 마주 앉은 다솜* 돌 됐네

*아라: '바다'의 우리말
*다솜: 사랑

도토리묵

귀하게 얻어온 도토리 가루로 묵을 쒀 봤어요
진짜 도토리묵을 맛볼 기대감에
신기한 듯 묵을 젓는데
갑자기 솥 안의 반죽들이 폴짝 뛰네요

한 배 탄 순간 흩어지면 끝이란 걸 터득했던지
가열될수록 죽자 살자 뭉쳐대는 통에
화들짝 놀란 손은 모터 단 듯 더 바빠졌죠

예치치 못한 반응에도 레시피대로 한
1대 6 비율만 믿고 조심조심 공들였더니
마침내 모양새 갖춘 묵이 나오데요

따로 겉돌면 온전한 결정체일 수 없듯
한 이름 되기까지 묵묵히 뭉쳤다고 묵인 갑네요

딱딱한 투구 쓴 풋도토리 시절,
고만고만 키재기하던 우리 또한
흐물흐물한 사람 묵 되기까지

뜨끔 따끔 화들짝 불판 그 얼마나 반복됐을지
그 불판 속으로 개성이라 내세우던
온갖 떫은맛 무던히도 솎았다 싶은데
묵을 쑤며 한 번 더 솎아 봅니다

바다야, 파도야

파도가 건네는 술잔에
바다가 휘청거린다

바다야, 파도야
너도 삶이 버겁거든 마주 보며
한잔해 보자

보글보글, 부글부글 가슴속
끓는 열은 한잔 술이
그만 일 테니

뉘 설움이 더 클진 몰라도
넘칠 듯 넘칠 듯 아슬한 울분
쓰나미 되기 전에 덜어내야지

네 품에서 춤추던 바닷새도
네 몸에서 꿈꾸던 진주도
그 설움 걷혀야 돌아올 테니

창밖의 바다도 창안의 여자도
술이 그리운 날이다

두 번은 없을 사랑

평생에 두 번 없을 감정이
이런 거라면 그 사랑 한 번
당신과 내가 해 보기로 해요

운명을 쥐고 찾아오든
소낙비처럼 젖어오든 심장을 관통한
확실한 뜨거움이 이런 거라면
그 사랑 한 번 우리가 안아 보아요

그리움의 비 흘러넘치어
평생을 앓을 거라면
그리움의 다리 건너 낸 후에
아파도 될 테니까요

다시 태어나도
두 번은 없을 확실한 감정이
이런 거라면 그 사랑 위해
삶을 바쳐도 후회는 없을 테니까요

가을 여자의 꿈

영화 속 주인공처럼 코트 깃 세우고
어디든 떠나자는 가을의 유혹을
오늘은 거부하지 않고 싶습니다

가을빛에 기죽지 않게 최대한 곱게
단장하고 마음 가는 대로
떠나다 보면

억새풀 반기는 들길에서
매디슨 카운티의 그들처럼 운명적 사랑과
맞닥뜨려질지도 모를 막연한 상상 하나쯤

부록으로 챙겨도 좋을 가을 여자의 꿈
아직 거울 앞일뿐인데 스카프 자락 휘날리며
마음은 벌써 코스모스 핀 간이역에 서 있네요

울 엄마 가시던 날

생전에 그리시던 고향 산천 깊은 요람
오색 꽃 치장 고운 꽃상여로 찾아들 제
이 산 저 산 날던 새도 구슬피 목을 메네

멋모르고 구경하던 어린 날의 상여소리
그리도 구성지더니만 울 엄마가 그것 탈 줄
내 어이 알았으랴

고운 분내 폴폴 대던 꽃 같은 새색시 적
꽃가마 타고 넘으신 재, 어이타 그 봄 다 저물고
꽃상여로 넘나이까

이승에의 하직 걸음 차마 차마 아니 내켜
가다 서고 서다 가고 목이 메어 못 가시네
인간사 이별 중에 그런 이별 또 없으리

하늘도 눈물 바람 궂은비로 젖어올 제
극락왕생 빌며 빌며 잡은 손 놓았더니
눈물바다 저어 저어 북망산천 가시었네

다음 생에도 내 엄마 되어 그 체온 그 자혜로움
다시 주소서 당신의 딸이어서 행복했나이다
근심 없는 그곳에서 부디 편히 잠드소서!

(2015. 06. 05.)

구름에 달 흐르듯

꽃구름 하늘에 흑마처럼 몰려오던 구름
구름 떼, 그 막막한 날의 상처가 생각나는지
창가에 서서 밤별만 헤이는 그대

들녘에 찬바람 일고
철새도 길 떠난 어둑한 날에
그 시린 날에 떠난 사람 있다 해도

긴 밤을 불 밝히며 아파 말아요
아무리 아름다운 하늘도
오늘은 꽃구름 내일은 먹구름
그래서 무지개 피고 그래서 지는 것을

아파 말아라 생각 말아라
흐르고 흐르는 인연의 일 구름에 달 흐르듯
달 흐르듯 그리 살자며 그리 잊자며

먼 하늘 외딴 별도 그대에게로 빛나 주네요
바람의 사연일랑 구름에 묻고 구름에 묻고

그리운 겨울 향기

창을 열면 번져오는 알싸한 겨울 냄새
하늘 저 멀리 고향의 향기인가
어린 날의 향수가 코끝을 적셔오네

서리 내린 앞마당엔 구수한 소여물 냄새
추녀 끝엔 대롱대롱 고드름 반짝대면
각시방 영창에 고드름 고드름 노래 불렀지

싸락눈 날리던 밤 문풍지 소리
황소바람이 잠든 아침 미나리꽝엔
얼음 꽁꽁 종일 즐겁던

아, 그리운 그 겨울 향기
엄마 냄새, 건초 냄새
자연에 살던 그날들 내게 떠오네
아람 줍던 양지마을 그 요람이여!

치유의 행복

신호등 인파 속에도 북새통 시장판에도
아무 일 없어 보이는 둥지 속 부부에게도
그 어떤 부류에게도 예외 없는 가슴앓이 병,

겉으론 멀쩡한데
내 가족 내 친구에게도 말 못 할 가슴속
까만 응어리, 그 응어릴 따라가 보면

하나같이 불행한 유년기가 있고
그 시점에서 멈춰버린 아이 하나
울고 서 있다

가여운 나의 아이여
더 빨리 꺼내주지 못해 많이 미안해
이제 그만 터널을 나와 햇살을 보자

내려놓자 참회하자 벗어버리자
선택의 여지 없는 그 화두
족쇄를 푸는 열쇠임을 모를 리 없겠지만

탓함 없이 수긍하는
치유의 행복으로 갇힘 없이 훨훨훨 살자
젖은 날개 툭툭 털고 하늘 나는 새들처럼

겨울 사랑(성에꽃)

유리창에 핀 눈물 꽃 되어
종일토록 떨면서도 당신이 좋았습니다

어디쯤에서 내려둘지 몰라도
미동조차 없는 그대가 밉지 않아요

유정의 꽃 홀로 피우며
스스로 세운 벌,
무모한 이 눈물겨움도 한 때겠지만

어쩌면 어쩌면
한 번쯤 그대도 날 그리워할지 몰라요

누군가 머물다간 자리
있을 땐 몰랐던 아릿한 그 흔적을요

만추의 창가에서

꽃바람 속 그 행복 이젠
돌아오지 못할 강물인 것을
그런 줄 알면서도 사랑아, 너는
너는 왜 부질없는 기다림만
흩어놓는가

찬란한 꽃구름의 날도
애타던 기다림의 날도
다 스쳐 간 바람의 일인 것을
차라리 사랑의 사연 절절히 품은
저기 저 낙엽의 노래나 듣자

펄럭이던 가슴속 잎새도 하나둘
떨어지고 상념에 겨운 가을도 처량히
먼 길 나설 때 낙엽을 몰고 가는
바람 소리, 윙윙대는 삭풍에 헹여
다시 그리워

그리워 못 견딜 때면
그땐 우리 다시 꽃바람 춤추던
그 길에서 불로 만나자
애증 없이 뜨겁던 첫 마음
그 가슴으로

떡방앗간 이야기

대목 밑이면 호떡집 불나듯
불티나던 떡방앗간,
한 살 더 먹는 설날이 신나서
방앗간 심부름은 매번 내 몫이었다

요술처럼 술술술 뽑아내며
끊어질 듯 끊어질 듯 이어지던 떡 가닥들,
그걸로 떡국 해 먹으면
어서 어른이 될 것만 같아서

방앗간 줄이 십 리처럼 늘어져 있어도
마냥 좋기만 했다
그 후로도 그 떡쌀의 끊임없는 요술 덕에
나잇살은 이만큼이나 소복해졌다
이젠 아닌데, 이젠 그만 소복하고 싶은데

그땐 왜 그리 어른이 되고 싶던지
뽀드득 눈길 밟으며 세배 길 나서던 꼬까옷
동심은 저 하늘 연처럼 날아갔어도

아무튼 대목 밑 방앗간처럼
후끈하게 불티날 데가 많아진다면
줄 서는 일이 그처럼만 즐겁다면
삼백육십오 일이 살맛 나는 매일이겠네

불나비처럼

사랑의 나래 위를 둥둥 날다가
미움의 불길 속에 제 살을 태우다가
세상 다 얻은 듯 환희에 겨웁다가
세상 다 산 듯 먹먹한 아픔이다가

그래 저래 엎치락뒤치락한
순간들이 시이고 소설이고
인생이더라

그 파란(波瀾)의 장르를 넘나들며
태우고 태우는 이 몸은 한 마리
불나비여라

뜨겁고 뜨겁지만, 그 또한
살아 있음에 누리는 굿판일지니
그래 저래 날갯짓 파닥이다
한 줌 재로 분한다 한들
어찌 불나비 됨을 마다할쏘냐

둥기 둥기 꺼이꺼이
저 애물단지 희로애락 싣고
내 마음, 네 마음 길로 이 순간도
새옹지마는 내달지니

노을 꽃

빨려들 듯 유혹스런 저 불덩이 앞에
치닫는 클라이맥스 앞에
붉은 숨 들이켜 본 연인이라면

세상 끝까지 함께 가자던
언약 또는 다짐 같은 것 저마다의
청춘 앨범에 찬란히 꽂혀 있으리

그대로 숨 멎어도 좋을 만큼
절규처럼 전이되는 가슴 뜨거움,
그 찰나적 극치에 인생이란 것이
왜 그리도 아름답던지

밀려드는 조수 위로
약속만 무성했어도 넋 놓도록
사랑이 좋던 그날처럼

인생이 아름답다는 뜻 여전히
유효하단 듯 이 저녁의 노을빛도
숨 멎도록 붉어 예놋다

가을, 어디쯤 왔을까?

가을, 어디쯤 왔을까?
하늘빛 코스모스와
구릿빛 해바라기의 여름 이야기
바람에 실려 실려 추억 꽃 되고

가슴에 둔 그 이름
오래도록 부르지 못한
그 이름마저 구절초처럼 돋아
애련의 창 붉도록 너로 가득할

가을, 어디쯤 오고 있을까?
갈빛 스카프 곱게 두르고 차라리
내가 나설까? 청잣빛 하늘 저 어디
가을 사랑 그대 만나러

또 피려나 봄

꽃샘에 붙들려도 화안히 목련이 폈다
내 마음이 다 환해지도록

그러나 그 환함 너무도 잠시
꽃잎이 지네 눈부신 그 등 아래서
베르테르의 편질 읽기도 전에

그리고 한쪽에선 벚꽃이 꼬물꼬물
지는 해, 뜨는 해 모습
우리네 인생처럼 가련도 해라

한번 넘어가면 그뿐인 꽃 시절의
페이지여 저 꽃 따라 넘겨 버린
찰나 속 청춘이여

봄, 그래도 또 기다렸네
임처럼 기다렸네

낡은 표피로도
황홀한 감각을 더듬어내는
저 봄나무처럼 또 피려나 내 가슴의 봄

산사의 가을

산자락 넘어온 홍빛
장삼 자락 휘감고
삭풍에 구르는 잎
풍경을 타 넘을 제

눈먼 듯
귀 먼 듯 합장해도
눈물로 지운 연(緣)
촛농 타고 아롱아롱

눈 닫고 마음 닫느라
불경 소리 또랑해도
파고드는 저 홍빛
뉘라서 말리랴

위험한 딜

애인처럼 유혹스럽고 달콤하지만
떳떳지 못한 밀애임엔 틀림없다
유독 외진 곳에서만
은밀히 해치우는 걸 보면

쇠심줄 같은 사랑도
단호히 떼내면서 중독된
마성 앞에선 자승자박 속수무책

한 모금 연기로
세상 근심과 딜 하려는지
독야청청 꾸역꾸역 일편단심이다
금단의 열매보다 더한
독인 줄도 모르고

밥 먹듯 다짐한 금연의 말
오늘도 헛맹세 공수표 되네

굿바이 송년

칭기즈칸처럼 우렁찬 함성으로 말 달렸었지
그 찬란한 해가, 그 미더운 해가
어느결에 다 태우고 난간에 걸리었네

타고 싶은 완행 대신
나도 몰래 올라탄 초고속 열차여!
꽃 피고 지던 날의 바람 소리 돌아보니
간 곳 없고 바람처럼 이별, 이별이어라

그것이 세월이라며 땡그랑 종이 우네
못다 한 내 맘인 듯 흐느끼며
아무 데서나 종이 우네

따사로운 축복과 감사로운 기억들
그리고 아픔과 한숨까지도 보내 주고
흘러가자며 기차가 가네 기차가 오네

저마다의 행을 찾아 갓 솟은 정기
찬란히 품고 또 그렇게 우리 가 보자
새 마음 칸칸마다 따뜻이 웃음 담고서

커피와 그대

한 잔 커피 속에
그리움도 섞고
고단함도 섞어 휘저으면

방울방울 뽀글한 엔돌핀 방울
달달한 그 훈김 속엔
따사로운 한때의 그대가 있죠

아름다운 날들을
타 마시던 우리 그 향기
방울방울 피어나 가슴 적시면

달고 쓴 오늘 길도
꽃길처럼 향긋할 아,
참 좋은 커피, 그리고 그대